红蓝融合
Red and Blue Fusion

丁戎耕 ◎ 著

红蓝交响

——『红蓝融合』理念渊源追溯与创新实践诗记

一束與時代同行的光

中国言实出版社

图书在版编目(CIP)数据

红蓝交响：与时代同行："红蓝融合"理念渊源
追溯与创新实践诗记 / 丁戎耕著. —— 北京：中国言实
出版社，2024.4

ISBN 978-7-5171-4794-7

Ⅰ.①红… Ⅱ.①丁… Ⅲ.①诗集—中国—当代
Ⅳ.①I227

中国版本图书馆 CIP 数据核字（2024）第 071095 号

红蓝交响：与时代同行

责任编辑：王蕙子
封面题字：龙开胜
责任校对：张国旗

出版发行：中国言实出版社
　地　址：北京市朝阳区北苑路180号加利大厦5号楼105室
　邮　编：100101
　编辑部：北京市海淀区花园路6号院B座6层
　邮　编：100088
　电　话：010-64924853（总编室）　010-64924716（发行部）
　网　址：www.zgyscbs.cn　电子邮箱：zgyscbs@263.net

经　销：新华书店
印　刷：北京中科印刷有限公司
版　次：2024年5月第1版　　2024年5月第1次印刷
规　格：787毫米×1092毫米　　1/32　　2.875印张
字　数：60千字

定　价：36.00元
书　号：ISBN 978-7-5171-4794-7

目录

"红蓝融合"启示录

——丁戎耕抒情长诗《红蓝交响：与时代同行》解读

陶　纯

正如人类离不开阳光、空气、水一样，现代人的生活，已经离不开互联网。互联网又称国际网络，始于 1969 年的美国，指的是网络与网络之间所串联成的庞大网络。在这个网络中有各种不同的连接链路、种类繁多的服务器和数不尽的计算机、终端，使用互联网可以将信息瞬间发送到千万里之外的人手中，它是信息社会的基础。数据显示，截至 2023 年 8 月，我国网民规模已达 10.79 亿，互联网普及率达 76.4%。

网络从来都不是一片净土。伴随它的出现，网上舆论阵地一直就是敌我双方争夺的战场，尤其是随着网络世界的全面到来，网上历史虚无主义思潮暗流涌动，抹黑英雄一度甚嚣尘上。当代中国人引以为傲的人民英雄董存瑞、黄继光、邱少云、刘胡兰、雷锋等人一度成为恶搞对象，段子编了一个又一个，成为普通人茶余饭后的大众消遣，不知不觉，人们的思想和灵魂，被一点一点地侵蚀、消解，而受毒害的往往是那些涉世不深、鉴别力不高的青少年，最终危害的是祖国的未来。

2013年12月6日，全军政工网发表了一篇重磅文章：《"上甘岭"已危，"十五军"安在？》。这篇网文，大声疾呼，直面网络舆论阵地面临失守的严峻局面，直指历史虚无主义对当代中国社会的极大危害，发出强烈的忧患和深深的忧思，振聋发聩，一针见血！一石激起千层浪，文章一出，迅速引发一片热议，在全社会激起强烈共鸣。

文章直接点名"十五军"，可谓一个大大的拷问！空降兵作为上甘岭英雄部队的传人，看到自己打小就敬佩的英雄遭到无耻之徒的疯狂抹黑，网上居然还有不少人跟着起哄叫好，官兵们痛心不已。历史不能忘记，更不容歪曲，全军十位英模挂像，其中有三位战斗英雄：董存瑞、黄继光、邱少云，后两人都出自十五军。在上甘岭战役中，十五军直面强敌，视死如归，官兵伤亡达1万1千余人，歼敌2万5千余人。后来统计，像黄继光一样与敌同归于尽的英雄就有38位！在世人眼里铸就了"谜一样的东方精神"，至今令对手心有余悸。上甘岭精神被誉为中国军人的"铁血基因"，几十年来深深地根植于全国人民心中。

硝烟早已散去，然而较量并没有结束，互联网便是舆情的"风口、震中"，那些别有用心的"低级红"、"高级黑"们，主要是借网生事，蛊惑人心，兴风作浪。这里也必然是政治工作须着眼的"浪尖、阵地"，你不去占领，他必然要去占领。"话语权决定主动权"、"失语就要挨骂"，习近平总书记在全国宣传思想工作会议上曾强调："我们必须科学认识网络传播规律，提高用网治网水平，使互联网这个最大变量变成事业发展的最大增量。"面对无形战场上的人心之战、"文化冷战"、没有硝烟的暗战，我们没有退路，必须积极打好网上意识形态斗争的主动仗，敢于亮剑，主动发声，弘扬主旋律，传播正能量。

文化是一种血脉，有时摸不着看不见，但它根植于人的灵魂世界，它给予人的影响和营养，是源源不断的。中华民族之所以历经五千年文明而不倒，就是因为中华文化的不断传承和创新。军队更是如此，军营文化对于军人精神的塑造，是无可替代的。当年共产党人就是一手拿传单一手拿枪弹战斗的。政治工作的很大一部分，其实就是宣传文化工作。

但是，政治工作不是空手道、"客里空"，任何理念落地都得有物化载体。那几年，十五军所属部队注重挖掘部队的光荣传统，大力加强军营文化建设，通过建设文化广场、文化长廊、主题雕塑、广播电视、宣传橱窗等，营造特色鲜明的军营文化环境氛围，从"文化娱人"到"文化育人"，用红色基因打造部队的"精气神"，达到了文化铸魂的良好效果。对此，有人形象地总结道："墙壁道路会说话，一草一木能育人。"然而，你关起门来下大力气搞文化建设，如果不辐射出去，影响力仅局限在军营内部，红色资源并没有产生广泛的社会效益，非常可惜。空降兵是全国人民的空降兵，应该想方设法把正能量传递出去，以求带动、影响更多的人。

形势逼人强。在网络时代来临之际，我们的思想政治工作迫切需要一场时代变革。

而这需要一个优质的承载平台，也需要一个横空出世的机遇！

2014年10月底，全军政工会议在古田召开，"重整行装再出发"，吹响了政治工作革弊鼎新、守正创新、固本开新的号角。这给了十五军极大的动力和信心，他们觉得机会终于来了，是时候了！

2015年1月28日这一天，是一个值得纪念的日子！微信公众号"我们的天空"正式开通上线。它的主题词是："军事视角、文化视野、家国情怀、守望天空、守住阵地、守护心灵。"

"我们的天空"横空出世，带着捍卫精神高地、维护历史荣誉的责任，相继发布《真相：黄继光、邱少云牺牲经过》、《讲述英雄的故事——黄继光》等重磅文章，还谱写制作了《阵地》、《精神的力量》主题曲在全网推出。"我们的天空"——这个带有神秘色彩的公众号一亮相，旋即引来社会舆论的广泛关注，引发众多好评，成为一个亮点。它推送的几篇重磅文章用详实可信、无可非议的史料和影像猛烈反击那些泼污水的人，澄清来自社会上的质疑，对内增强了空降兵这支英雄部队的光荣感和自豪感，对外打响了通过网络捍卫荣誉、主动亮剑的第一枪，赢得了各方点赞力挺。

群众在哪里，思想政治工作就应该在哪里。"我们的天空"创办的目的只有一个：打赢网络"上甘岭"战役！

它庄严地向世人宣告：当年那个在朝鲜上甘岭威震敌胆

的十五军，回来了！

2016年下半年，在实践基础上，他们梳理总结并正式提出"'红蓝融合'：传统＋互联网"理念。12月10日，在全军政工网发表《现代政工之"红蓝融合"：传统＋互联网》（以下简称红蓝融合）。这是"红蓝融合"这个新概念首次面世。应当说，正是"我们的天空"新媒体平台的创办，催生了这个注定会载入新时代我军思想政治工作史册的崭新理念。

如果用一种颜色代表传统，那么最鲜艳的色彩一定是"中国红"。红色是共产党人、革命军人的精神图腾，红色基因往往焕发出比金石还要坚硬、比枪炮更有力量的强大威力；如果用一种颜色代表创新，那么最靓丽的色彩一定是"科技蓝"。蓝色象征现代科技和时代脉动，全媒体、大数据、智能化时代深刻影响和改变着人们的价值观念和生活方式。从"我们的天空"的出现，到节节成功，创新团队领悟到，若想让红色基因在新时代扎根沃土灿烂绽放，薪火相传，红蓝融合是必经之路，是成功捷径。在这里，"红"是政治本色，是红色基因、光荣传统的原色调，是主体，是源头活水，当然它必须涵盖源源不断涌现出来的正能量、主旋律事物；"蓝"是时代特色，是信息网络、科技发展的主色调，代表信息技术，体现为由新一代科技革命带来的广阔"蓝海"，是载体，是科技支撑。在这里，红蓝不是甲方乙方，它不是对抗，而是融合，旨在为生命线加载"数据链"。核心要义是守正创新，根本任务是铸魂育人；让超级"蓝海"存在于超级"红海"之中，形成一个同频共振的理论创新，便是一个统一思想、凝聚力量的有力武器，进而达到从一心万念到万众一心的目的。

为红蓝融合闯新路，开弓没有回头箭。"我们的天空"一路高歌猛进，军内首家入驻微博，开通"我们的天空"同名微博。之后，继续向蓝海进军，全军首家开通荔枝FM、喜马拉雅FM、抖音、快手。截止到2020年初，"我们的天空"创办5周年之际，各平台粉丝总量突破2000万，图文阅读和视频播放量突破80亿，成为公认的知名军事新媒体矩阵，多次位列中国军事网络媒体传播力榜的前列。他们不知疲倦地驰骋在意识形态斗争主战场上，以军人视野、创新精神，讲好强军故事，展现热血担当，闯出一条新时代做好新闻舆论和政治思想工作的新路子。

无独有偶。北京。2018年4月24日，在第三个"中国航天日"来临之际，航天系统部创办的"我们的太空"微信、微博正式上线。上线当天，由航天员领衔推介的《星辰大海的征途上怎能没有你》MV点播量突破120万，被大量专业媒体转发，实现了开通即精彩，亮相成品牌。

"我们的太空"几乎完全复制了"我们的天空"的成功经验，成为红蓝融合这一浪潮中的并蒂莲、姊妹花、并肩作战的战友。它充分利用航天这一全社会关注的领域，面向广大航天科技爱好者，以发布中国航天信息、展示航天人风采为主。此外，还兼顾时政新闻、国防军事、尖端科技等众多热门话题，保证重大事件不缺席，推出了大量爆款作品，斩获无数荣誉。比如，仅2020年，就有五个主题网宣活动实现了10亿+：一是围绕抗疫，"抗疫有我，中国加油"系列宣传，各平台累计曝光量达到10亿以上；二是全国第五个航天日报道，"我们的太空"与战略合作伙伴联动发声，推出一大批网宣产品，联合曝光量超过 13 亿；三是策划组织全国四大发射场抖音联合直播，总曝光量达 10 亿 +；四是北斗三号发射收官报道，10 亿 +；五是第二届"让祖国见证幸福"集体婚礼，中秋节正逢国庆节，北京航天城、酒泉卫星发射中心、中国卫星海上测控部、太原卫星发射中心、西安卫星测控中心、西昌卫星发射中心、中国文昌航天发射场七地协同，同步联动为 301 对航天新人举办集体婚礼，网络上形成现象级传播，全网累计曝光量 10 亿 +。"让祖国见证幸福，把浪漫洒满太空"，成了航天人在全社会叫得响的幸福宣言。

仅用两年多时间，"我们的太空"就打造成了"十八微一体"的融媒体矩阵，平均一个半月入驻一家新平台，不断地开疆拓土，开辟新阵地，火箭般的生长速度令人惊叹。截至 2022 年 7 月，粉丝突破 2000 万。

他们聘请了数十位鼎鼎有名的各界人士担任"航天文化大使"、"中国航天科普大使"，定期举办丰富多彩的线下活动；他们把航天系统的不少科技人员树成了网红。航天明星、娱乐明星、文化明星、科技明星，星星相映，让追星变得温暖，让网络实现了裂变，传播作用几何级放大。"我们的太空"编辑部也被网友称为北京航天城的"最佳打卡地"、"网红新坐标"。

"点燃、激活、圆梦、感动"，因为有了"我们的太空"，能够让更多的人仰望星空，让更多的人努力发光。这就是"红蓝融合"的力量，点燃我，点燃你，点燃他……

开辟新战场，拓展新阵地，对红蓝融合的创始人和团队来说，既是最好的挑战，更是不懈的追求。在"我们的天空"、"我们的太空"风头正劲之际，2021年夏天，中国人民解放军中部战区所属的军事网络新媒体"中部号角"隆重登场，全面开通新华号、人民号、今日头条、学习强国、抖音、快手、知乎、哔哩哔哩、喜马拉雅、荔枝、全民K歌等22个媒体平台，形成"二十四微一体"新媒体矩阵。"中部号角"充分借鉴"我们的天空"、"我们的太空"的成功经验，迎来了跨越式大发展的黄金时期。

"中部号角"升级建成，使得它平台布局结构提升优化，栏目内容更加丰富，围绕打造忠诚号角、战斗号角、联合号角、科技号角、文化号角，先后推出三十多个特色栏目。这些精品专栏内容，已然成为中部战区弘扬主旋律、传播正能量的重要载体。让"中部号角"品牌在更广阔的网络空间吹响了"向战务战胜战，联合融合聚合"的冲锋号……

习近平总书记强调，惟改革者进，惟创新者强，惟改革创新者胜。

红蓝融合，便是新时代在思想政治工作领域孕育和结出的一个创新型硕果。

网络科技是一场蓝色革命，从根本上改变了我们过去"多做少说、只做不说、先做后说"的传统理念。你不说，谣言说；你不说，误解说。当谣言和误解形成强大的舆论合力，再多的正面解释都显得苍白无力。而坐拥几千万巨量粉丝的三大平台，用现象级红蓝融合的实践行动说明，不是我们的红色正能量文化不受欢迎，而是没有好好开拓。

"我们的天空"、"我们的太空"、"中部号角"这三个红蓝融合信息化平台,走在了新时代政治工作创新的前列;大力推广政治工作红蓝融合,是功在当代、利在千秋的一项伟大事业。近十年来,这三个平台的创建者、参与者,他们顶住压力,敢于担当,以不凡的勇气和智慧,蹚出一条新路,激励了无数人为江山的永不变色、为民族的美好未来而奋斗。他们留下了一条闪光的足迹。他们无愧于这个伟大的时代!

我作为航天系统的一名专业作家,一名从军四十余年的军旅作家,最早通过"我们的太空"亲眼见证了红蓝融合这一新生事物的蓬勃发展和成长壮大,继而追踪寻源,由表及里、由近及远,仔细研究了"我们的天空"和"中部号角"的相关资料,作了较为充分的采访,感叹感动于一群人从零起步,呕心沥血,历经风霜雪雨,艰难创业,终得丰厚收获"修成正果",遂产生了强烈的创作冲动,于2022年创作了一部长篇报告文学《最美的相遇》。

令人十分欣慰的是,优秀的军旅诗人丁戎耕用一首精彩的长诗,记录下了红蓝融合这一非凡的开创。"诗言志,歌咏言"。内行人一眼便知,用诗歌的形式来记录红蓝融合,是高难度的写作。但丁戎耕知难而上,夙夜不懈,苦心孤诣,历经近半年的艰辛写作,终于呈上这沉甸甸的一部作品。尤为难能可贵的是,他把党史军史和红蓝融合这一现象艺术性地高度融合到一起,使之成为百年中国磅礴大河中的一朵十分亮丽的浪花,成为有源之水,有本之木。这是献给红蓝融合的一份厚礼,更是敬献给新时代的一首华章!

在此,我谨向诗人丁戎耕致以最诚挚的祝贺与敬意!

遇见红蓝融合，生命变得绚丽多彩。

因为热爱，所以坚守！

是为序。

2024 年 2 月 25 日

陶纯，中国作家协会会员，原解放军总装备部文艺创作室创作员，军旅作家。

守望：从一条江到蓝色海洋

——读丁戎耕《红蓝交响：与时代同行》

陈怀国

一

抒情长诗《红蓝交响：与时代同行——"红蓝融合"理念渊源追溯与创新实践诗记》（以下简称《红蓝交响》），是丁戎耕的最新诗作。在我读到之前，这部 800 多行的长诗已在互联网各大平台上成燎原之势，被众多播音名家争相咏颂。一部以"红蓝融合"理念为书写对象的政治抒情诗，能引起如此轰动着实出乎意料。

丁戎耕是一名非常出色的军旅诗人，也是一位真正的当代边塞诗人。他只写边关，只写一个叫独龙江的边关，执着到近乎偏执的程度。边关是他的青春，是他生命中最重要的篇章。离开边关，他甚至诗都不想写了。

　　　　"写完这些分行的留言／我不再分行写心事了／
因为青春已过去／以后的岁月不再分行／在边关那
畔结束行程／完成一生"

　　　　　　　　（丁戎耕诗集《山河边关记·岁月记》）

　　可是，人到中年，在经历了许多，看淡了许多，在生命
中的诗意越来越少的时候，他却突然写出了这部政治抒情
长诗。

　　从边关短章转向长篇抒情诗，是丁戎耕诗歌创作上一次
新的尝试。也是他在拥有丰富的人生阅历之后对自身的一次
超越。但作为喜欢并已习惯了读他那些边关短章的读者，他
的这种转变还是让我吃惊，甚至有了某种失落。在这部长诗
中再也读不到他的宁静从容，读不到那种让人神往的孤独和
让人心动的怅然了。读到的是犀利、锋芒、沉思和忧愤。这
是同一个丁戎耕吗？一个惯看边关冷月的戍边人突然把目光
投向历史深处，看向现实，从一个孤独的冥想者变成了滚滚
红尘中的思想者。

　　为什么会这样呢？

二

　　丁戎耕喜欢说自己是"戍边人"。其实在他30年的军旅
生涯中有26年是新闻人：当过《解放军报》记者、编辑、部
门主任，解放军画报社社长，解放军新闻传播中心网络部首
任主任、军网总编辑，等等。但这些只被他看作是履历，是

经历。只有在独龙江边关的日子才是他的岁月和人生。他辗转驻守过多处边关哨卡，但他只认独龙江。

"许多地方，驻便驻过，守便守过，云烟过往，而唯有独龙江，像是攫取了我的魂魄，摄住了我的性命。"

（诗集《山河边关记》跋）

同样的边关，同样的苦厄之地，同样的青春煎熬，在他心中却是如此不同，这里面到底隐藏着什么呢？

丁戎耕的边塞诗全写给了独龙江。独龙江很小，小到容不下哪怕一行独龙江之外的诗。独龙江很大，是他的整个世界，是他的家国兵心。独龙江是他的冥想之地，20 出头的年纪，什么都还不明白，突然就把一段国境线交给了他，同时交给他的还有 23 条比他更年轻的生命。使命、责任一下子成了实实在在的东西，不冥想又能怎么样呢？没有电，没有电话电视，没有报纸和信件，对青春、前途、命运的困惑远比寂寞更难忍受。他得说服自己，理解自己，他得为许多问题找出意义，找出理由，找到答案。独龙江是他的青春塚，更是他一生的炼狱。他把他的诗献给了独龙江，独龙江也完成了对他的塑造。

说到底，丁戎耕的边塞诗是写给他自己，写给他的战友们的。什么是边关？真正的边关是军人。丁戎耕的诗很少使用枪、刺刀、子弹这样的词汇。他只写士兵，写士兵最日常的生活：抽烟、写信、望月，在雨中洗衣洗澡，他几乎写尽了士兵的日常，这使他的诗里充满了士兵的气息。这气息在他的诗里远比枪、刺刀、子弹更有力量。他的诗里没有金戈铁马，但是战斗无处不在。

> "我们在雨中洗澡洗衣，雨不够了／就再打一梭子，没有人能解释这是为什么／在这深山密林的雨中，我们不像一群人／而是像一群狂欢的野兽，或者孤独的鬼神"
>
> （《山河边关记·打雨记》）

这不是洗澡，是一群年轻的男人在和自己的青春捉对厮杀，他们和时间厮杀，和寂寞孤独厮杀，甚至一封信也是他们的一场战斗。

> "把信写好，埋在这个与世隔绝的哨卡／埋在营房后面的墓地／谁会读到这些永远寄不出去的信呢／我知道，只有写信的人最终回到这里"
>
> （《山河边关记·书信记》）

这是边关人的战争，戍边多久，战争将持续多久。在这场战争中与其说他们战胜了自己，不如说是与自己达成了和解。

> "我在独龙江带过三茬兵／我和他们一样，都在慢慢理解自己"
>
> （《山河边关记·新兵记》）

与自己和解了，就是一个真正的戍边人了。丁戎耕用他的诗给我们呈现出一群戍边人的形象，他们或许还不够高大、沉稳、坚韧，但我们知道，把边关交给他们心里踏实。

仔细读过丁戎耕的边塞诗之后，突然觉得他写《红蓝交响》这部抒情长诗一点儿也不突然。这是他的另一部家国兵心，或者说是他家国兵心的另一种表达。本质上，他仍是一个戍边人，只不过他的边关从独龙江变成了互联网。这边关没有疆域，没有界碑，却更加凶险。这场战争的结局也注定不是和解，而是你死我活。

三

《红蓝交响》写了什么呢？简单讲，写了"红蓝融合"这一创新理念的诞生和渊源追溯。"红蓝融合"的诞生源自六年前的一场网络遭遇战：有人在互联网上抹黑历史，侮辱英雄，于是诞生了黄继光的一支基层部队有组织地在互联网上展开坚决反击。他们把仍然健在的黄继光生前战友请上互联网，与网民互动，把多少年来被我们视为珍宝却一直封存在内部资料馆、展览馆里的档案、实物，展示在互联网上，以不可辩驳的事实，为历史、为英雄正了名。这是一次标志性的事件，是我军在互联网这个特殊战场上与敌交锋的一个典型案例。它的意义不在于这次战斗的胜利，而是由此带来的对互联网这个"特殊战场"的全新认知，以及如何打赢这场战争的深入思考和不懈的探索实践——"红蓝融合"由此而诞生。从六年前那场遭遇战的见证者，到后来"红蓝融合"

的参与者，《红蓝交响》是丁戎耕为"红蓝融合"所作的备忘录，是他对勇敢的探索者的致敬。

一部长诗是否具有坚实丰厚的思想内涵，决定了其艺术品位和境界的高下。读《红蓝交响》是一个持续受到震撼、冲击的过程，历史、现实不断在大脑中碰撞、纠缠，发人深思，让人警醒。《红蓝交响》用大量笔墨追溯中国共产党成立以来的历史，探索"红蓝融合"的源头。这种探索提供了新的视角，让我们更多地看到了"蓝"，让我们认识到中国共产党不仅拥有马克思主义这一先进的思想武器，而且传播先进思想的理念、方式方法同样是先进的：有最广泛的统一战线，有最有效的传播渠道，既有报刊、电台，也有油印的小册子、刷在墙上的大标语，等等，这在当时的历史条件下无疑是最先进、最科学的，正是这种先进和科学为中国共产党成功地赢得了最广泛的民心。不得不说我们过去对"蓝"认识不足，至少在党史教育中强调得不够。"红"是本色，"蓝"让红更红，中国共产党的历史就是"红蓝融合"的历史，这就是《与时代同行》从历史中追溯到的。

对历史的追溯是为了观照现实，《红蓝交响》的思想深度也更多地体现在对现实的思考上。互联网是丁戎耕对现实的切入点，他曾是解放军新闻传播中心网络部首任主任，中国军网、国防部网、强军网等军队网络新媒体矩阵首任总编辑，是互联网这个新型战场上关键而重要的一员。对互联网他有更清醒的认识，更敏感的嗅觉和更敏锐的洞察力。

"敌人的千军万马／正黑云压城般集结于联通

千家万户的互联网／日夜不休的攻城拔寨／正化作
无处不在无孔不入的黑雨与逆光"

（《红蓝交响》）

他了解敌人，也更清楚我们自己。

"来看看我们的阵地吧／有多少防火墙固若金
汤／有多少烽火台枕戈待旦／有多少利剑鸣镝一声
令下射天狼／／来看看我们的战场纵深吧／有多少
人还在痴人说梦闭关锁网／有多少人还固步自封在
自以为是的信息茧房／有多少人还夜郎自大无视欲
置我于死地的剑影刀光"

（《红蓝交响》）

这追问让人心惊肉跳，沉重得让人窒息。而这追问来自
一部长诗，在一部长诗里才能听到这样的追问则更值得深思。
看得见的危险不是危险，互联网这个阵地上呈现出来的短板、
漏洞可以补、可以堵，真正的危险在网络的背后，是打着正
统旗号对互联网所表现出来的愚昧、无知、漠视。时至今日，
还有人在理直气壮地拒绝、抵制互联网，还在以各种理由禁
网封网、没收手机。《红蓝交响》所表达的对现实的忧虑，
读后让人久久不能平静。

作为一部抒情长诗，《红蓝交响》抒情的对象不是人物，
也没有贯穿始终的中心事件，而是历史的片段和现实中的问题，
这是丁戎耕给自己出的一个巨大难题，弄不好很容易"散"甚

至"假、大、空"。但是从《红蓝交响》中读到的是一气呵成，读到了真实、浓烈、饱满的情感。尤其是对现实的书写让人读出了画面感，读出了"形象"，闻到了硝烟的味道，他的忧思、愤怒和疼痛都可感可触。作为一部抒情长诗，《红蓝交响》将历史与现实、军队与时代、民族与国家熔为一炉注入笔端，其情抒得沉郁厚重、大气磅礴，从而极具艺术感染力。

《红蓝交响》是丁戎耕诗歌创作的一次远征。从独龙江出发，走过无数的边关和人生激流险滩之后，他的诗获得了人生的、历史的更高视点，从而更加厚重，更加宽广。在这部长诗中，他实现了艺术把握与表达方式上的探索与变化。他的诗情感强烈，在这部作品中表现得尤为突出，可谓是一部苦心之作。

《红蓝交响》也是丁戎耕的一次历险。这部作品所涉及到的党史、军史已被许多前辈诗人作家反复写过，他必须写出自己的思想、自己的感受，找到自己的表达方式，丁戎耕做得出乎意料的好，这是一部只属于他的作品。《红蓝交响》最让人钦佩的是他直面现实的勇气和显示出来的思想锋芒。在此不得不说到军旅诗乃至整个军旅文学，我们已经太久没读到这么真实真诚的作品了。这是丁戎耕对军旅诗的超越，也是对军旅文学的超越。

2024 年 3 月 9 日

陈怀国，中国作家协会全委会委员，原解放军总装备部文艺创作室主任，军旅作家。

"红"，是"七一"的颜色、"八一"的颜色、"十一"的颜色，是血脉基因的颜色；

"蓝"，是科技的星空、创新的海洋、时代的浪潮，是迎接新一轮旭日的黎明的颜色；

"红蓝融合"，是赓续传统的浪回潮溯，是浴火重生的征歌战鼓，是拥抱时代、逐鹿明天的夙兴夜寐！

"红蓝融合"理念诞生六周年之际，

"红蓝融合"斩获全军军事理论成果最高奖之际，

"红蓝融合"日益成为军内外广受欢迎的创新理念之际，

"红蓝融合"创新实践如涓涓细流汇入强国建设民族复兴时代洪流之际，

让我们诗作史记，追溯筚路蓝缕来时路；

让我们歌以咏志，抒怀其命惟新新征程！

正道是——

凭谁可问？这固本铸魂的心旌战旗；

凭谁记取？这守正创新的时代心曲！

——题记

1

序 章

风云际会，每段历史都是关山万里的征途回望
而今迈步，每个时代都是万里关山的出征前行
历史的十字路口前
信仰与道路正在激烈思辨
时代的经纬坐标下
红色火焰与蓝色汪洋正在擘画明天

一团火，一团大地深处的火
在它成为熔岩喷薄之前
是一颗夙夜不熄
渴望呼唤万物苏醒的心

一滴水，一滴昆仑之巅的水
在它从源头出发奔赴人间正道时
是一颗悲悯天下苦难
渴望携百川以归海的心

一个信仰，一个与真理毗邻而居的信仰
在它寻找太初的基因与终极的彼岸时
在它奔赴属于正义与光明的领地时
在它燃烧自己照亮天地的时候
它就是那团火
那团一旦解放自己就化作一轮红日的
红色的火
红色的烈火
红色的改天换地的烈烈大火

一条道路，一条与光明并辔而行的道路
在它砸碎枷锁撕裂苍穹而极目远眺时
在它与夸父和后羿交换信物之时
在它告别一切乌托邦和桃花源的时候
它就是那滴水

那滴为世界的雪崩负责寻找天道的
蓝色的水
蓝色的圣水
蓝色的载舟覆舟的汪洋大水

风云际会，每段历史都是关山万里的征途回望
而今迈步，每个时代都是万里关山的出征前行
历史的十字路口前
信仰与道路正在激烈思辨
时代的经纬坐标下
红色火焰与蓝色汪洋正在擘画明天

来来来，英雄豪杰
来来来，众生万物
请饮一盏甘醇而炽烈的红色火焰
请荡一楫春水碧如蓝的启航风帆
是谁在说，这一饮已是沧海桑田
我要说，这世上不变的终究不变
是谁在说，这一楫已是万水千山
我要说——
这新时代的赶考之路，这新时代的大道之行
要看谁到中流击水，风正一帆悬

第一章　初心使命

是的，黎明！

从天地玄黄时就已经出发的黎明

从秦汉晋唐宋元明清就已经出发的黎明

从鸦片战争甲午战争就已经出发的黎明

从公车上书五四运动就已经出发的黎明

一个民族的黎明

一个国度的黎明

一个文明的黎明

直到这一刻

与大地，与大地上的人民

正式结盟

1.

历史的必然

无一例外，都发端于那些

深怀必然的偶然

天地玄黄，所有史记的扉页上

密布星座般神秘玄奥的暗示

黎明前的黑暗，风暴前的静寂

如同星火发自远山

广袤的大地正在期待漫漫长夜中的

星火燎原

而所有史册的封底

空空如也

空空深处，是世道人心的归途和来路

是天书般期待验证的预言

2.

从这个世纪的春天
回望上个世纪的初年
历史长河的浊浪上
从天堂和地狱争相赶来的
幽灵，正在东方大地上御风而行
千百年来引以为豪的长城老墙上
断壁残垣，衰草丛生

请允许我解开
这些一次次尚未愈合
就一次次再被撕裂的伤疤
看吧，烽火台上不是狼烟冲霄
而是醉舞太平
整个天空在掩耳盗铃
整个大地在梦死醉生
腐朽的神龛正在轰然倒塌
噤若寒蝉的施主与香客
无动于衷的路人与看客
正在麻木地跪伏于地，闭上眼睛

3.

寂静，死一般的寂静
漫无际涯的，死一般的
黑暗下的绝望寂静
众生没有睡意，众神也没有

但醒着的沉默和懦弱
醒着的无奈与顺从
醒着的漫漶眼神和空洞灵魂
比死亡的躯体更加冰冷

寂静的田野里
庄稼，村寨，祠堂，谷仓，学堂
本应自由生长的万物
屏住了呼吸
窒息中的一切，仿佛离开了它自己的生命

黑暗的城市啊
缩起肩膀退避三舍的楼宇
转过头去闭上眼睛的街灯
寂寥广场上游荡着幽灵
深巷青石上流淌着
挥之不去的新鲜血腥

4.

一座座秦砖汉瓦的巍巍庙堂
就这样陷于迟暮和沉沦
在夕阳下饮啜自酿的鸩酒

一片片唐诗宋词的山水江湖
就这样疲于冤屈与奔逃
在支离破碎的缝隙里回望点点鬼火

谁是最后一曲盘马弯弓的英雄绝唱
谁是最后一帧姹紫嫣红的陪葬
谁是沉沦于陵墓之下的兵马俑
谁是夕阳的灰烬里行将永恒寂灭的背影

一个国度如此破败
一个民族如此衰竭
一个文明仿如落日残阳
一个家园深陷万劫不复

5.

从这个世纪的春天
回望上个世纪的初年
历史长河的河床
在浊浪排空泥沙俱下之后
留下了那些最坚硬的石头
在无边暗夜中闪烁如同恒星
那是岁月流金的坐标
那是百川归海的结局
那是日月新天的开端
那是发轫于屈辱的新的使命，新的征程
那是诞生于红色烈火与蓝色汪洋交汇之地的
开天之举，辟地之行

是的，那些风雨飘摇不忍卒读的史册
在它用屈辱和鲜血书写自传的时刻
也必然有暗夜兀自磨砺的刀锋
正准备用四溅的火星
在它的墓碑上修改姓名与生平
也必然有在黑夜寻找光明的身影
用红色火焰照见深不可测的黑暗
用红色的烛泪温暖苍生的悲鸣
寻找通向黎明的路径

6.

黎明？是的，黎明！
什么是黎明？

是那些长夜秉烛彻夜未眠人的眼睛
还是众星隐去后依然独自燃烧的启明星
是江山无限岁月无边之下喟然叹息的曦光
还是日沉东阁风满西楼时的慨然逆行

是一条弄堂里压低嗓音的欢呼与激情
还是一叶小船上响彻未来的青春烈焰与蛰龙初醒
是虽万死而不辞的歃血为盟与肝胆相照
还是枪林弹雨血雨腥风中的慨当以歌与昂首出征

是的，黎明！
春风走过的田野里，庄稼正在洗心革面
秋风收割的大地上，劳动的号子
正与刀光剑影的号角争相共鸣

是的，黎明！
机器轰鸣的厂矿，挑亮了被黑暗湮灭已久的灯
街头首班电车的叮当铃声中，卖报的孩子
用铜板和墨香，奏响了晨雾缭绕的歌声

7.

是的，黎明！

从天地玄黄时就已经出发的黎明

从秦汉晋唐宋元明清就已经出发的黎明

从鸦片战争甲午战争就已经出发的黎明

从公车上书五四运动就已经出发的黎明

一个民族的黎明

一个国度的黎明

一个文明的黎明

直到这一刻

与大地，与大地上的人民

正式结盟

8.

汉语字典里

以刀裁衣，以刀割断脐带而生的"初"字

泵血象形，土臧火臧而诞的"心"字

手持旌节，奉令取义而成长的"使"字

与令同源，从甲骨上就站立起来的

以民令视同天意的"命"字

以说文解字的万水之源筑成的

这四个字集合列队的合声

便是——初心使命！

是的，这就是黎明

红色旭日与蓝色天空一起喷薄澎湃

一起浴火而生的黎明

更且是，一起浴火燃烧着的

一起真正涌入人民眼中胸中心中的

黎明

第二章　江山人民

是的，这就是初心的澎湃之声
这就是今天我们回望的来时路
是的，那是红色的旭日
正孕育于遥远的海平面
正跃升于山河的天际线
那是黑暗与光明的生死争夺
那是战争与和平的殊死较量
那是独立自由民主
逐鹿于牢笼和解放的地平线
那是世道人心的抉择
是人民听谁的话跟谁走的判断
是谁带领谁谁追随谁的时代答卷

9.

来，让我们打开一九二一年的
中国地图，让我们屏住呼吸
让我们用聆听春夜喜雨润物无声的心
聆听红色火种诞生和萌蘖的声音

那种宁静，那种怦然心动
那种向历史深处索要尊严的
庄严与饥渴
那种冲向时代黑夜举火而寻风雨兼程的
迸发与燃烧

彼时何时，今夕何夕
让我们用婴儿依偎进母亲怀中的
童贞与甜蜜
聆听红色烛灯与蓝色星空的对话
聆听一艘红船与一片蓝色湖水的
惊心动魄与波澜不惊

请记住，彼时的那一刻
与此时的这一刻
都是时间的一瞬，却如此不同

那一刻的红色火焰
并非诗意的流淌
而是澎湃的热血找到了
源头的神山和奔赴的汪洋

10.

来，让我们打开一九二七年的
中国地图，让我们凝神穿越
让我们用孩子们喜欢的红蓝铅笔
标绘出风云激荡怒海狂澜
标绘出城头变幻大王旗的密度与苦难
标绘出大屠杀的血流成河
标绘出哭红的泪水
标绘出起义的呐喊与冲锋
标绘出红色袖标和火把
标绘出一个时代的
政治版图和兵要地志的等高线
最后，标绘出那赤烈鲜血般流淌
钢铁洪流般喷发的红色行军路线

彼时何时，今夕何夕
让我们用子弹崩出枪膛的惊天裂地
穿越峥嵘与艰辛
穿越无以计数的牺牲
标绘红色的意志与信仰
标绘红色的驻扎与出征
标绘红色的耕耘与匍匐

以及并未参与收获的
红色的墓碑和血色的荒草

请记住，那是点燃之后
便不再熄灭的红色火种
那是明知黎明遥不可及或者触手可及
却依然灿烂的红色笑容
那是融入黎明的最美的红
那是氤氲晨雾里
闪烁在战壕中的永恒的红
闪烁在故乡梦乡里的永远的红
闪烁在纪念碑上有名无名的永垂不朽的红

11.

来，让我们打开党史军史档案馆里
一份份电报的红
一张张作战地图的红
一帧帧黑白照片的红
一件件文物遗物信物的红

来，让我们再次点燃
井冈山的油灯，古田的火盆
遵义会议的纸烟，宝塔山下的灯盏
来，让我们再一次细细端详
这些已经完成燎原的星星之火

在如今宁静的档案馆
和当年枪弹呼啸的行军路之间
关于星火与燎原的争论与探索
抚今追昔，沧海桑田
依然跳荡着鉴古开今的烈焰

为什么红色政权
能够存在于白色割据的缝隙之间？
为什么那么微弱的星火

会点燃从田间农夫到华侨领袖同样的心田？
为什么周期率的旷世之问
会在这些灯盏里找到答案？

这是藏在红色历史深处的朴素秘笈
这是历史与时代交汇的浪潮飞溅
这是最先进的思想与最广大的中国现实的交融汇合
这是红色火种与中国大地最深情的
休戚与共，命运相拥

12.

来，让我们打开汪洋大海般的
人民战争的画卷
让我们用洒向亲人墓碑的泪水去轻抚
那刻在独轮小推车上的深情
那浸在红嫂乳汁里的深情
那埋在门板和寿材灰烬中的深情
那"最后一碗米用来做军粮
最后一尺布用来做军装
最后的老棉被盖在担架上
最后的亲骨肉送去上战场"的
人民的深情

为什么战旗美如画
英雄的鲜血染红了她
为什么一条大河波浪宽
人民的深情染红了江山

13.

是的，这就是我们的
启蒙之初，发祥之地，源头之水，万山之巅

你听，这是一九三〇年一月五日
诞生于福建龙岩上杭县古田镇赖坊村协成店
一封书信里的"星星之火，可以燎原"——
那是"站在海岸遥望海中已经看得见桅杆尖头了的一只航船"
那是"立于高山之巅远看东方已见光芒四射喷薄欲出的一轮
　　朝日"
那是"躁动于母腹中的快要成熟了的一个婴儿"

是的，这就是初心的澎湃之声
这就是今天我们回望的来时路
是的，那是红色的旭日
正孕育于遥远的海平面
正跃升于山河的天际线
那是黑暗与光明的生死争夺
那是战争与和平的殊死较量
那是独立自由民主
逐鹿于牢笼和解放的地平线

那是世道人心的抉择

是人民听谁的话跟谁走的判断

是谁带领谁谁追随谁的时代答卷

14.

来，让我们打开一九四九年十月一日的
天安门画卷
让我们在那一片红旗海洋里
安静地沉醉三分钟

此刻，让我们
向城楼上的庄严宣告致敬
向阅兵方阵致敬
向人民万岁致敬

此刻，让我们
向一个政党和她缔造的新生的东方国度
向一个政党和她缔造并领导的军队
向一个政党和她植根的人民
再一次捧出她出征之时的红色火种
这是她赢得胜利和永远胜利的神圣心灯

15.

如果说——

人心是最大的政治

如果说——

群众路线是党的生命线和根本工作制度

如果说——

枪杆子里面出政权，笔杆子里面有江山

那么发端于德先生赛先生光临中国的二十世纪之初

思想与剑的共鸣

思想革命与武装斗争的壮阔波澜

无疑深潜着人心向背的辩证与渊源

请允许我列出这样一份清单

就像乐章的序曲

就像雷鸣之前划过长空的闪电

 ——《新青年》，一九一五年创刊于上海，五四运动新
  文化宣传先驱

 ——《新青年》，一九二〇年九月一日版第八卷第一号起，
  上海共产主义小组机关刊

 ——《共产党》，一九二〇年十一月七日创刊于上海，
  中国共产党成立前半公开半秘密理论性月刊

 ——《新青年》，一九二一年中国共产党成立后，党的

理论性机关刊

——《向导》周报，一九二二年九月十三日创刊，中国共产党公开发行的首个政治机关报，国内发行，远销国外，被誉为"黑暗的中国社会的一盏明灯"

——《劳动周刊》，中国劳动组合书记部机关报，党领导下的首张全国性工人报纸，被誉为"教育训练劳工们的一个最好的机关报"

——上海《劳动界》周刊，北京《劳动音》周刊、《工人周刊》，武汉《武汉星期评论》，山东《济南劳动》周刊，广东《广东群报》……各地共产主义小组创办的众多宣传马克思主义通俗刊物形成中国共产党早期宣传矩阵

——《红星报》，一九三一年十二月十一日创刊于中华苏维埃红色政权首都瑞金，中国工农红军机关报

……

这是一份曾经搅动世纪风云的报刊名单

这是一部深镌于党史军史深处的灿烂诗篇

如果要为这些携带着思想闪电的报刊

寻找一篇序言

那么，请从历史的宝藏中

索引出一九一九年七月十四日
出版于长沙的《湘江评论》创刊号
署名毛泽东的创刊宣言——
"世界什么问题最大？
吃饭问题最大。
什么力量最强？
民众联合的力量最强。"
……
"天下者我们的天下，
国家者我们的国家，
社会者我们的社会，
我们不说谁说？
我们不干谁干？"

那个没有手机互联网的时代
传播力影响力的王者，无疑就是报刊
那飘向千家万户的油墨清香
就是唤起万众一心的铿锵领唱

第三章　国之大者

答案在哪里？
繁星般闪耀的答案里
我们深深触摸到——
人心的逻辑
思想的魅力
胜利的谜底
这就是那种无声无言而摄人心魄的闪电
这就是那种一经言说就响彻人心的雷鸣

16.

多少年来，多少人在追问
中国共产党凭什么打败了所有强敌对手
让中华民族屹立于世界东方
让占当时世界人口四分之一的中国人站立起来
我们在胜利的旗帜下思索
对手也在颓丧和迷茫中追问

答案，有千条万条
但历史有亘古不变的逻辑
山河大地有永恒不变的真理
战胜一切对手的
是共产党紧紧和人民站在一起！
共产党真正拥有的最宝贵的财富
是民心

然而，百舸争流群雄逐鹿的时代
谁不想争获民心？
答案，也有千条万条
而雄踞时代峰巅的
是在与苍天厚土的同频共振中——

让人民听到你的声音
让人民信服你的主张
让人民追随你的梦想

17.

今夜，让我们轻轻走进深藏八闽的古田小镇
采眉岭下，笔架山前
万源祠里的火盆，时隔一个世纪
炭火依然滚烫，依然执著地融化着
那个红军正在寻找真理
正在抉择何去何从的岁末的纷飞大雪
回廊下的夜风，马灯小道的若明若暗
依然传译着那浓重的湖南乡音
传递着思想建党政治建军的出征足音

不是每个士兵都认得油印刊物上的字
不是每个曾经在旧军阀里吃粮当兵的人
都一下子听得懂
其中的奥妙与微言大义
但这岁末年初辞旧迎新的春风
这全新的纪律和崭新的军装
这前所未闻前所未有的点点滴滴
让每个与此相关的人
都把所有对旧军队的印象荡涤一空

我当兵当到一个什么样的部队
我当兵的部队为了什么而打仗
我是谁？我打仗为了谁？
——这些从未深思的问号
就像一截截锈蚀的铁被内心召唤
涌进熔岩般的炭火重新煅打淬火
涅槃重生，塑形铸魂

当时如此弱小的这支军队
被赋予了灵魂
当时如此漫漶的兵心
被注入了基因

是什么密码与魔力
用这样的红色基因点燃了将士初心
为这支军队奠基并铸就了万古忠魂？
——答案，在哪里？

18.

今夜，让我们重回长征路

重回夜色苍茫脚步苍茫目光苍茫的瑞金

重回烈血成河忠骨如山的湘江

重回胜负撕扯的界河

重回生死存亡的关头

重回黑暗与光明的分水岭

如果，我们从军心民意的朴素视角

作最客观的优劣分析，作最简单的是非评判

就会一次次惊奇地发现

那一个个何其相似乃尔的历史拐点

——思想建党一旦削弱萎顿

军心与战场便是一片尸骨无边萧瑟

——政治建军一旦生机勃勃

东方欲晓的峰峦，风卷红旗的雄关

便绽放战地黄花的芬芳，妆点三军开颜的河山

听，"打土豪，分田地"

多么简单的六个字

唤起了多少由衷共鸣与热烈跟从

听，一曲曲送别红军的眷恋

看，一张张借条里承诺的庄严
古今中外，有哪一支军队像红军长征这样
肩负起"宣言书宣传队播种机"的宏大使命

这不仅是一场战争
这更不是《孙子兵法》和《战争论》
能够涵盖与释清的军事远征
这是进步与反动的较量
这是文明与黑暗的角逐
这是迎接太阳与重返长夜的决战
这是仅靠子弹与炮弹回答不了的
文明的对冲与背冲

是什么密码与魔力
把这次危机四伏的战略转移
变成了开创革命新局面的英勇进军？
把这段险象环生的艰难跋涉
变成了一曲气壮山河的英雄史诗？
——答案，在哪里？

19.

今夜，让我们重回延安
让我们双手搂定宝塔山
让我们俯身依偎在延河边

让我们静静围坐在窑洞前的纺车石碾边
看那一窗烛光，那深夜奋笔的身影
让我们大步走过南泥湾的田畴
遥望那一幕幕劳动画卷，那躬身中国大地的身影
让我们用圣地的浩瀚星空
照亮那个英雄时代探寻真理的盛宴——

来，请读一卷《论持久战》
请读出沧海横流中流砥柱的英雄本色
请读出穿越历史笃定未来的战略智慧
请读出全党全军全国人民的追随与共鸣
请读出友军盟军敌军等等等等不同阵营的
仰望与折服，惊骇与赞叹

来，请听一篇
与对手"打打嘴巴官司"的宣言
那穿越千里狼烟万里疆场的电波

在灰飞烟灭的谈笑之间
在光明磊落与暗流涌动的雄辩之间
在战壕与战壕之间
在人心与人心之间
在苍茫大地谁主沉浮的问答之间

来，让我们一起目送
延安飞往重庆的飞机
目送一阕名叫《沁园春·雪》的诗文
去掀动一场不废一枪一弹
却胜过千军万马的战事
那字句间令对手惊恐与痴迷的平仄与意象
那韵律中压倒一切敌人而不被一切敌人所压倒的魂魄与气概
正在酒绿灯红的陪都过关斩将
正在人类政治斗争军事斗争舆论斗争的史册上
书写前无古人的洛阳纸贵和见血封喉

是什么密码与魔力
让统战而攻人之心，让不战而屈人之兵
如此山水和鸣，如此一默如雷？
——答案，在哪里？

20.

今夜，让我们重回西柏坡
让我们和着三大战役的节拍与进程
一起走近这个指挥着空前战场的小小指挥所

让我们抵近一封封作战电报的空中电波
让我们抵近命运决战的千钧一发
让我们抵近血火年代的
雷鸣闪电与润物无声——

来，请新华广播电台的播音员
再读一遍《将革命进行到底》
再播送一遍《百万雄师过大江》
再播报一遍《别了，司徒雷登》

走，让我们去辽沈去塔山
去摸一摸战士的臂膀与钢枪
去听一听雪白血红雪冷血热的交响
去看一看解放战士的日记
在他转移战壕的那一刻
他已懂得为谁扛枪为谁打仗

走，让我们去平津去杨柳青
在战火下的天津卫与和平解放的北平
去听一曲海河的悲鸣
去听一曲前门胡同口的欢乐儿歌
两种命运书写的双城记
留给这两座古老城市无尽的思索

走，让我们去淮海去长江渡口
沿着独轮小车的车辙
追寻一支军队在人民战争汪洋里的战歌
沿着万里长江
追寻一张张风帆
一张张风帆上的弹洞与牺牲
以及写满一张张风帆上
恨的烈火与爱的憧憬

是什么密码和魔力
让自以为固若金汤的防御工事土崩瓦解？
让蒙难已久的家乡家园家山换了人间？
——答案，在哪里？

21.

答案，在哪里？在哪里？在哪里？
是的，无数答案写在浩瀚史册里
而真正的答案
写在人心里

正是这人心里的答案
如圣石与神柱
高擎起我们的胜利

而这人心里的答案
是怎样从天地之间走进人们心间？

答案在哪里？
繁星般闪耀的答案里
我们深深触摸到——
人心的逻辑
思想的魅力
胜利的谜底
这就是那种无声无言而摄人心魄的闪电
这就是那种一经言说就响彻人心的雷鸣

说不完的回望，道不尽的思索
我们在历史与时代的坐标系上分明发现——
初心使命，正是"红蓝融合"的朴素逻辑
江山人民，正是"红蓝融合"的肝胆披沥
国之大者，正是"红蓝融合"的铁肩道义

第四章　其命惟新

你若在醉太平里沉迷
敌人正在望远镜里窃喜
你若在"红蓝融合"中醒来
谜一样的东方精神就会重新站立
敌人就知道猎枪又回到了阵地

我们，我们的时代，我们的孩子
才会再次明白
这是我们的底线
这是我们的荣誉
这是我们的河山
这是我们的家园
这是我们的存亡之道
这是我们的死生之地

22.

每一代人有每一代人的使命
每个时代有每个时代的课题
（不要以为这是空洞说教的词语
这平日司空见惯却万勿熟视无睹的词语背后
深藏家国命运，深藏生死玄机
如果谁都不去直面使命课题
那么假如真的发生最后的雪崩
没有一朵雪花是无辜的观众）

在千年赓续的文明深处
在百年未有的变局面前
在"过不了网络关就过不了时代关"
"过不了互联网这一关就过不了长期执政这一关"的关口
"红蓝融合"的肩头
是一脉相承的使命担当
是与时俱进的洗濯磨淬
是责无旁贷的砥砺前行
是一个真理从昨天出发，直面今天和明天
是一个真理披荆斩棘而来，走向新的战场和胜利

23.

曾几何时，这样一个声音传自大洋彼岸——
只要中国青年还在上互联网
就不怕搞不垮中国共产党

曾几何时，这样一个论调迷患长城内外——
看新闻联播，天下升平
看互联网络，天下大乱

两个声音相隔万里
两个声音却步调一致"琴瑟和鸣"
那个教训深刻的春夏之交并未久远
那些前事不可忘的动荡风波并未远去
新的浊浪就链接起一条条四通八达的网线
拍打侵蚀着一面面闪闪烁烁的大屏小屏
掀动着蝴蝶的翅膀
导演着预谋中的滔天浊浪

24.

浊浪，浊浪，浊浪——

是谁，在抹黑红色历史？
是谁，在侮辱英雄美名？
是谁，在阴暗的角落炮制毒教材？

是谁，在开动妖魔化中国的新闻生产线？
是谁，在制造关于执政法理的质疑？
是谁，在捏造关于中国人权的谬论？

是谁，在搬弄是非，在无事生非？
是谁，在摇尾附和，在猖狂传播？
是谁，在蛊惑人心，在搅乱立场？

是谁，在众声喧哗中选择明哲保身爱惜羽毛？
是谁，在真理与谬论的战场上甘当鸵鸟？
是谁，在共产党宣言面前不再理直气壮？

是谁，在激怒早已安息的英雄愤然起身为不朽辩护？
是谁，在逼迫常识良知与虚无恶搞对簿公堂？
是谁，在精心缝制皇帝新衣般的一件件华丽伪装？

25.

浊浪，浊浪，浊浪——

是敌人明晃晃的刀剑？
还是颜色革命的兵棋在幽暗的沙盘深处推演？
是乔装改扮的信使挥舞裹满巧克力的有毒蜜饯？
还是风尘仆仆的传教士晃动着所谓"普世价值"的十字架？
是的，这些扮演着各种角色的鬼魅身影
是试图推倒红色多米诺骨牌的"盗墓狂"

浊浪，浊浪，浊浪——

是荧屏深处潜伏的"伪装红"？
还是浊浪之上高蹈的"高级黑"？
是历史虚无与泥沙俱下共同冲刷的无知无畏？
还是身在曹营与阵地反戈蓄谋已久的里应外合？
是的，母亲的乳汁送给他们一副强健的体魄
但吃了碗里的肉
他们却打着饱嗝掀开了翻墙而来的魔盒
他们怦然跳动着的"弑母之心"
在时刻等待为"新八国联军"打开城门推倒城墙
他们隐于朝，隐于市，隐于野

光天化日之下，却在这片山河扮演和光同尘
他们养兵千日用兵千日，他们是
异国月亮的买办，故园家国的"掘墓贼"

浊浪，浊浪，浊浪——
浊浪深处尚且不仅是这些盗墓和掘墓的贼与奸
还有裹足在迂腐旧梦里
不肯推开时代大门的愚昧与迟钝

26.

没有枪炮隆隆的战场
流血和牺牲正演变成温水中青蛙的美梦
没有硝烟漫漫的阵地
生死与存亡正迷失于忧患与安乐的遗忘

曾几何时，我们渴望声声惊雷传檄千里——
互联网不是法外之地，谁扫乾坤？
互联网是人心向背的阵地，谁与争锋？
网络关就是时代关，谁主沉浮？

互联网，互联网
人在哪里？人穿梭在网上
人心在哪里？人心游荡在网上

这不仅是数字化生存的便捷生活场域，这是阵地！
这不仅是歌舞升平灯火通明的虚拟空间，这是战场！
黑暗，在对手杀人不见血的屠刀上
光明，却在我们
能否撕裂黑暗的闪电中
能否驱散阴霾的阳光里
能否照亮人心的彩虹上

是的，在闪电中，在阳光里，在彩虹上
在"红蓝融合"砥砺初心捍卫河山的
作战地图上

27.

敌人的千军万马
正黑云压城般集结于联通千家万户的互联网
日夜不休的攻城拔寨
正化作无处不在无孔不入的黑雨与逆光

来看看我们的前沿阵地吧
有多少防火墙固若金汤？
有多少烽火台枕戈待旦？
有多少利剑鸣镝一声令下射天狼？

来看看我们的战场纵深吧
有多少人还在痴人说梦闭关锁网？
有多少人还固步自封在自以为是的信息茧房？
有多少人还夜郎自大无视欲置我于死地的剑影刀光？

来，请问
有多少青春几乎二十四小时徘徊网上
这些年轻的心
只信奉来路不明的"微信"
却不再敬畏于红色的"威信"

来，请问

有多少昔日英雄醉享太平

这些并无异志的心

却在耽于安乐中忘记了来时路上的铁马冰河

在马放南山中忘记了忧患，陶然于柳浪莺歌

来，请问

有多少沉醉与清醒？

有多少奋起御敌的士卒？

有多少运筹帷幄的战将？

有多少决胜于网络战场的兵法阵仗？

无风云出塞，不夜月临关

有多少黑夜中醒着的眼睛？

有多少夜海的灯塔船头的瞭望？

有多少狼烟不熄，有多少警惕如子弹上膛？

你若在醉太平里沉迷

敌人正在望远镜里窃喜

你若在"红蓝融合"中醒来

谜一样的东方精神就会重新站立

敌人就知道猎枪又回到了阵地

我们，我们的时代，我们的孩子
才会再次明白
这是我们的底线
这是我们的荣誉
这是我们的河山
这是我们的家园
这是我们的存亡之道
这是我们的死生之地

28.

世界格局与国家战略

天下风云与国计民生

这些原本宏大的课题从来没有像今天这样

与人们的日常生活如此紧密相连

日益走向世界融入世界的中国

从来没有像今天这样需要发出自己的声音

需要听到世界不同角落的共鸣

一个走向和谐的社会需要博学质朴客观公正

一个充满活力的国度需要宽阔视野博大心胸

一个从饱受苦难走向伟大复兴的民族

需要卓越的睿智，深刻的清醒

如果我们对民族的苦难不曾忘却

如果我们对迷茫中的摸黑前行有着足够的警惕

如果我们对互联网改变的世界有着足够的清醒

如果我们对农业文明与海洋文明对冲的认知

有着足够的深远

如果，如果我们对当年曾经错失"蓝色大航海时代"

而今天不能再错失"蓝色大网络时代"

有着足够的反省与自信

如果，我们对红色基因的传承
和对科技蓝海的拥抱有着足够的坚定与前行
如果，我们对占领元宇宙、区块链、GPT 的时代阵地
与坚守红色江山一样
有着足够的忧患前瞻与战略笃定

那么——
请一刻也不要充耳不闻那一声声勿忘初心的红色警钟
请一刻也不要熟视无睹那一道道创新发展的蓝色闪电
对我们这个饱经风雨的古老国度来说
那是从"站起来"到"富起来"到"强起来"的
响亮的号角，绚丽的彩虹

是的，历史与时代交汇的百年机遇千年大计
需要照亮历史河道的马灯
需要拨亮时代航程的启明星
需要与我们今天的世界舞台纵横坐标相匹配的
认知与共识，认同与共鸣

红旗漫卷，互联网上过大关
正是在这样的历史大幕时代大潮面前

"'红蓝融合'：传统＋互联网"走上了新的战场
绿色的军营，绿色的田野
强军征程，平安中国，乡村振兴……

是的，充满希望的大地上
"红蓝融合"的战歌正在百花齐放般唱响
与时代同行，踏上新的赶考之路
我们需要这样的守正创新，共同凝聚起磅礴的力量

这就是"红蓝融合"——
这就是从历史深处走来
从南湖红船走来
从南昌城头走来
对，从初心使命江山人民国之大者一路走来的
守正创新

这是历史的钩河摛雒
这是时代的奉樲承杓
这是"谁是谁的不离不弃"
这是"谁和谁的生死相依"

这就是"红蓝融合"——
这就是与强国建设大业民族复兴伟业强军兴军征程
同频共振的守正创新
这是自信自强的壮志雄心
这是重整行装再出发的一片丹心
这是踔厉奋发勇毅前行的时代强音

2023 年 3 月初稿
6 月改定

永不熄灭的马灯　永远燃烧的火炬
——《红蓝交响：与时代同行》抒情长诗创作手记

丁戎耕

什么是"红蓝融合"？

百度词条这样解释："红蓝融合"（Red and Blue Fusion）即传统＋互联网，"红"是政治本色，是红色基因，是光荣传统的原色调，代表政治工作传统优势；"蓝"是时代特色，是信息网络、科技发展的主色调，代表信息技术，是政治工作创新发展的科技支撑和时代特色。红是主体，蓝是载体，融是大势，合是目的。说到底，就是顺应发展大势，运用"传统＋互联网"理念，使优良传统的"红"，与信息技术的"蓝"有机结合、深度融合、功能耦合，让党的旗帜在互联网阵地上高高飘扬。

2022年9月20日，《"'红蓝融合'：传统＋互联网"

军队政治工作创新探索研究》荣获全军军理论成果奖一等奖；

2023年10月8日，"红蓝融合"新媒体矩阵全面上线；

2023年11月14日，"红蓝融合GPT"某课题通过立项评审；

2023年12月20日，关于"红蓝融合"在军队政治工作中创新研究与实践运用国家社科基金重大课题在北京开题……

由此可见，"红蓝融合"是一束与时代同行的光——我为"红蓝融合"作诗以记，算是一份"时代沉思录"。

什么是"红蓝融合"的渊源追溯？

"红蓝融合"是不是熠熠生辉、灼灼生华的时代创举？是的。

那这创举是不是横空出世的无源之水、无根之木？肯定不是。

"红蓝融合"是创新，同时也是守正；是与时俱进，同时也是回归传统；是一把熊熊燃烧的时代火炬，同时也是一盏不曾熄灭的遥遥马灯。

红色初心与时代最前沿的科技相"+"，传播我们的理念、我们的思想、我们的主张，从我们党诞生之日起，就是我们同人民大众心心相印的法宝，就是我们的群众路线、统一战线。只不过，今天是互联网的蓝海时代，而那时，报刊、电台、演讲，就相当于今天的互联网。

回首那个风云激荡的时代，从《湘江评论》到《新青年》，从《星星之火 可以燎原》到《论持久战》，从《沁园春·雪》到《七律·人民解放军占领南京》，按今天的时髦说法，毛主席的每篇诗文都是"爆款"，掀起了时代的思想狂潮！毛主席和他的战友们披肝沥胆风雨兼程，从旧中国田野乡间调研的马灯小道出发，走过筚路蓝缕岁月，走过万水千山征程，一直走向辉煌胜利的火红江山、碧海蓝天！

由此可见，"红蓝融合"是一团启航于百年之前、从历史照进现实的火——我为"红蓝融合"追根溯源，亦是一份"历史备忘录"。

什么是"红蓝融合"创新实践？

"红蓝融合"理念的提出，带有鲜明的时代背景和问题导向。

"当今世界正经历百年未有之大变局"，无论是站在中国看世界，还是站在世界看中国，都会唤醒我们心中须臾不可懈怠的忧患——日益复杂的意识形态斗争形势，日趋激烈的舆论传播战场态势，"过不了互联网这一关，就过不了长期执政这一关"的严峻考验，"人心的阵地你不占领，就会有人占领"的现实挑战——"红蓝融合"，正是诞生于这样的历史坐标与时代经纬。

"红蓝融合"，是以军队政治工作创新探索的身姿登上现实舞台的。它以"我们的天空"、"我们的太空"等新媒体矩阵为发轫，以大量政治工作创新实践为载体，不断推进实现着"推动政治工作传统优势与信息技术高度融合"的形象化表达、生动化展开、具体化落实。

"红蓝融合"在军队政治工作中展现出的鲜明时代特色，迅速引发了从军营飞向广阔社会生活的"连锁反应"、"溢出效应"、"军地呼应"。各行各业的领导和群众，惊讶地赞叹着"红蓝融合"在引导人、教育人、鼓舞人、塑造人、团结人上的"奇功妙用"，同时蓦然发现，一座座校园、一个个厂矿、一片片园区社区、一个个城镇乡村，"红蓝融合"创新实践"学习基地"、"教育基地"、"创业基地"、"共建基地"、"振兴基地"等各种牌子，雨后春笋般出现在了天南地北。

军心民意，世道人心，团结一心，守正创新，"红蓝融合"润物无声，春色满园。

由此可见，"红蓝融合"已经成为一道星火燎原的风景线——我为"红蓝融合"创新实践而歌，更是一份"现实启示录"。

"时代沉思录"，"历史备忘录"，"现实启示录"。以上三个问答，就是这部"红蓝融合"长诗的来历。我以"初心使命"、"江山人民"、"国之大者"、"其命惟新"为四个小标题，分作四个章节结构全诗，其义自彰。

我写诗三十多年了，这还是第一次尝试写这么长的一首长诗。2023年1月到6月，半年时间，沉浸其中，深感这是一次洗心之旅，我的心头，闪亮着永不熄灭的马灯，永远燃烧的火炬。当然，我虽尽力，但终觉思想学力捉襟见肘，言不达意而未能匹配"红蓝融合"理念之宏阔高远处，还请诸位方家读者指正。

在此，感谢"红蓝融合"创始者和这个信念如磐、理想如山、生机盎然的创新实践团队，以及给予"红蓝融合"事业热情关心关注关怀的人们，他们是陈国强将军、杨友斌将军、杨小康将军、杨龙溪将军、陈小前院士，"红蓝融合"创新实践中心王涛博士，"红蓝融合"研究院刘玉海院长，北京、内蒙古、山西、青海、湖南、云南等省市区军地各路"红蓝融合"创新践行团队，遍布军营内外的"我们的天空"、"我们的太空"、"中部号角"等"红蓝融合"融媒体矩阵各路编辑团队，在"红蓝融合"创新实践发展过程中投入心血作出贡献的段世文、王英志、石海明、危立平、赵凤鸣、解晓静、侯森、席伟、李子波、张文军、赵建华、张严、毕可弟、任国强、刘元旦、喻鹏、张秦、牛萌萌等专家学者、同志战友……这个名单一定难免挂一漏万，因为在"红蓝融合"创新实践的征程中，为之夙兴夜寐、奉智献力的团队和个人实在是太多了。他们是"红蓝融合"事业的中流砥柱、时代翘楚——而正是他们，让我得以从"红蓝融合"这个视角重新审视党史军史，并用长诗的方式记录下这些沉思、备忘和启示。这是我的任务、使命，也是我的荣幸。

感谢陈怀国、陶纯两位当代优秀军旅文学家，他们以深刻的见识、深厚的情感、深沉的笔墨为这部长诗分别作序，也是为"红蓝融合"以不同的方式传播助力。

感谢中国言实出版社同仁，为这部小册子付出的心血。

感谢所有与"红蓝融合"携手并肩、风雨同行的人们——与"红蓝融合"同行，就是与时代同行，就是在新的赶考之路上心怀家国，战斗不息，奋斗不止。

祝愿"红蓝融合"之树常青。

是为跋。

2024 年 2 月 14 日夜～15 日晨，于北京